MON OPINION

SUR

LES JUIFS

POUR RÉPONDRE A L'OPINION
QU'UN DES LEURS A FAIT ÉMETTRE DERNIÈREMENT
SUR MON COMPTE

PAR

Le Vicomte D'HUGUES

Président du Syndicat Agricole de l'arrondissement de Sisteron
Membre de la Société Scientifique et Littéraire des Basses-Alpes
et de la Société des Agriculteurs de France

> Le Juif n'est pas seulement le rongeur
> de notre Société moderne; il en est
> encore et surtout le dissolvant le plus
> actif.

Envoi franco, contre 0ʳ 60 en timbres-poste

SE VEND :

ᴚHEZ L'AUTEUR, à la Motte-du-Caire (Basses-Alpes)

MON OPINION

SUR

LES JUIFS

POUR RÉPONDRE A L'OPINION
QU'UN DES LEURS A FAIT ÉMETTRE DERNIÈREMENT
SUR MON COMPTE

PAR

Le Vicomte D'HUGUES

Président du Syndicat Agricole de l'arrondissement de Sisteron
Membre de la Société Scientifique et Littéraire des Basses-Alpes
et de la Société des Agriculteurs de France

> Le Juif n'est pas seulement le rongeur
> de notre Société moderne; il en est
> encore et surtout le dissolvant le plus
> actif.

Envoi franco, contre **0f 60** en timbres-poste

SE VEND :

CHEZ L'AUTEUR, à la Motte-du-Caire (Basses-Alpes)

COURTE PRÉFACE

————

Les Juifs, *qui brocantent tout, ne man-·queront pas de prétendre que je mets cette brochure en vente pour m'en faire des rentes. Non : c'est pour avoir quelques sous dans une tirelire le jour où j'éprouverai de nou-veau le besoin de leur en dire quatre.*

La Motte du Caire, le 20 Mars 1891

DÉDICACE

C'est à vous que j'adresse ces quelques pages, habitants des Basses-Alpes, parmi lesquels je vis et parmi lesquels j'aspire à vivre longtemps encore ;

A vous, gens de la ville et gens de la campagne, qui voyez vos ressources diminuer tous les jours et vos dépenses s'accroître avec le nombre de vos sangsues ;

A vous, propriétaires, qui vous demandez, anxieux, quelle valeur aura le sol que vous cultivez lorsque les joies malsaines des grandes villes, étalées impudiquement sur tous les journaux, auront fait le vide autour de vous ;

A vous, braves agriculteurs, qui perdez chaque jour le rire de vos pères, en voyant vos biens devenir la proie du Juif, comme vos poules deviennent parfois la proie du vautour ;

A vous, observateurs consciencieux, qui voulez savoir pourquoi tant de gens abandonnent nos montagnes aimées, pour se lancer, tête basse, dans l'inconnu d'une émigration lointaine ;

A vous, ouvriers et ouvrières, qui, perpétuellement en butte à des exploiteurs, songez combien il est difficile aujourd'hui de mettre quelque chose de côté pour vos vieux jours ;

A vous enfin, travailleurs honnêtes, de toutes les opinions et de toutes les classes de la société, qui demeurez inertes devant les abus, les faveurs et les passe-droits de notre pauvre globe terraqué ;

C'est à vous tous que j'adresse ces quelques pages.

MON OPINION SUR LES JUIFS

PARAGRAPHE PREMIER

Où il est bien prouvé qu'un Député des Basses-Alpes paraît, en général, ignorer totalement qu'il est payé pour représenter ce département.

On sait — même en province — que la Chambre des Députés est un foyer de lumière et d'intelligence.

Malheureusement, les rayons qui s'en échappent n'ont, bien souvent, pour cette province, qu'une intensité très relative. Qu'il se produise un coup de vent, un souffle, un rien, et nous en sommes privés pendant des *lunes* entières.

On s'en est parfaitement rendu compte, au mois de janvier dernier. Ces rayons sont restés concentrés durant toute une semaine, sur un théâtre de Paris, au grand détriment du reste de la France qui gelait si bien, à ce moment là, qu'il faisait 15 degrés sous zéro en pleine Provence. On se rappellera peut-être ce dont il s'agissait.

Un pièce de M. Sardou, *Thermidor*, n'avait pas eu le don de plaire à tous les Parisiens. Aussi quelques-uns d'entre eux avaient-ils fait du bruit aux premières représentations, et le Gouvernement s'était-il cru le droit d'interdire ces représentations.

Jusque-là, rien que de très naturel, n'est-ce pas ? Mais

ce qui cesse de l'être, c'est que deux députés des Basses-Alpes, MM. Reinach et Fouquier, s'étaient avisés de répandre à la Chambre des Députés les flots les plus purs de leur imagination et de leur éloquence, pour se faire les champions de M. Victorien Sardou et de sa pièce.

Si encore ces Messieurs passaient pour s'occuper beaucoup du département qui les a nommés, département qui est sans contredit le plus misérable de France, et par conséquent celui dont on devrait s'inquiéter le plus ? Mais point du tout ! On peut en juger par ce que disait un journal de Manosque, le *Républicain des Alpes*, le 31 janvier 1891 :

Au moment où les sériciculteurs de nos campagnes sont sacrifiés — on illuminait à Lyon, à ce sujet, il y a quelques jours, — ces représentants des Basses-Alpes avaient une autre besogne à accomplir : les intérêts de leurs électeurs valant, à notre avis, beaucoup mieux que ceux de MM. Sardou et Coquelin.....

Pour bien montrer que je partageais entièrement cette manière de voir, j'avais fait insérer un article dans le *Sisteron-Journal*, où j'écris toutes les semaines quelques lignes, sous la rubrique : *Choses Agricoles*. Voici ce que je disais dans cet article, intitulé : **Les 4 millions des campagnes**.

Dimanche dernier, je lisais dans le *Républicain des Alpes*, un entrefilet qui me faisait plaisir.

Il s'agissait de MM. Reinach et Fouquier, deux députés des Basses-Alpes. On les blâmait de s'être beaucoup trop occupés de l'affaire *Thermidor-Sardou*, pendant que les sériciculteurs de nos campagnes sont sur le point de se voir indignement sacrifiés.

Cela me faisait plaisir, dis-je, non parce que MM. Fouquier et Reinach pouvaient avoir perdu, bien inutilement, dans ce débat, une part de l'influence qu'ils avaient dans leur parti, mais parce que je n'ai jamais pris au sérieux toutes les chinoiseries parisiennes dont on nous rompt à chaque instant les oreilles.

Vous direz que je suis bien provincial. Mais que voulez-vous ? Je possède au **suprème** degré l'amour de mon chez moi, de mon **clocher**, de mon département. Et ma religion pour le sol qui me porte est si grande, que tout disparait devant elle. A mes yeux, Paris n'est qu'une part de la France, et Sisteron en est une autre, que je préfère à la première et qui m'intéresse davantage, parce que je suis dans son rayon. Et, toute politique à part — je suis un agriculteur et non un politicien — je voterai toujours pour celui qui fera passer Sisteron avant les intérêts d'un comédien, fut-il Coquelin!

Et voilà pourquoi, je le répète, l'entrefilet du *Républicain* m'a fait un sensible plaisir.

Ce journal toutefois n'a pas assez retourné le fer dans la plaie, à mon gré. Je vais essayer de le faire à sa place.

Tout le monde se rappelle que la Chambre votait dernièrement un secours de 4 millions pour venir en aide aux populations agricoles.

Or, sait-on ce qu'on a donné là-dessus au département des Basses-Alpes ?

Cinq mille francs seulement.

C'est-à-dire une somme tellement dérisoire que si chaque département n'eut pas touché davantage, la Chambre n'aurait pas même voté 500,000 francs.

Pendant ce temps, le département des Hautes-Alpes, qui nous touche, qui a de meilleures routes que les nôtres, qui n'a pas été si éprouvé par les crues de septembre dernier, recevait *Dix mille francs*. Soit le double de nous, quoique n'étant pas des mieux partagés lui-même.

Je me demande comment de pareilles inégalités ne sautent pas aux yeux de nos représentants, si chatouilleux quand il s'agit d'un théâtre de Paris! Et leur apathie m'attriste et m'écœure profondément.

Et j'applaudirai toujours ceux qui les rappelleront à l'ordre.

Il faut enfin qu'ils s'occupent de nous!

PARAGRAPHE DEUXIÈME

En tête duquel je supplie le lecteur de ne pas croire que je suis tout à fait aussi mal élevé que le laisse entendre le journal juif " l'Écho des Alpes. "

Ma critique portait juste. La preuve, c'est qu'elle fit crier l'*Écho des Alpes*.

L'*Écho des Alpes*, dont il faut bien que je parle, est un drôle de petit journal. Il ne vaut pas cher, puisqu'il ne trouve pas d'abonnés, même pour trois francs par an. Avec ça, hargneux comme un roquet galeux. Il était déjà mort, dit-on, lorsque M. Reinach éprouva le besoin de le déterrer pour les besoins de sa cause. Depuis lors, il gémit quelques glapissements lugubres chaque sabbat. Ouvrez-le quand vous voudrez, vous y trouverez la prose de Reinach à droite, à gauche, partout. Plein de choses qui n'intéressent pas la région, il passe chez nous pour un excellent soporifique. Par exemple, pourquoi s'appelle-t-il l'*Écho des Alpes* et non l'*Écho des Juifs*, étant donné qu'il ne répète plus que la voix d'un Juif? Mystère et Synagogue ! Ce qui ne l'empêche pas, comme on va voir de se croire l'organe officiel et infaillible de la République elle-même, alors qu'il est seulement le plus infime de ses porte-queues.

Il ne fait pas bon se frotter à l'*Écho des Alpes*. Il ne connaît que son maître ; encore celui-ci doit-il mal le soigner, en véritable adorateur du veau d'or qu'il est, car ce taciturne cheval de bataille décoche les ruades avec la facilité de ces vieilles bourriques devenues *connaissantes*, suivant l'expression de nos pays, pour avoir été rouées de coups. Voici, dans toute sa beauté, celle dont il me salua en lui donnant pour titre : **Les Secours accordés au département des Basses-Alpes.**

La mauvaise foi des réactionnaires attardés à combattre le Gounement républicain est proverbiale. Dénaturer, calomnier, inventer, ce sont là pour eux procédés de polémique courante. En voici un nouvel exemple, trouvé — ceci est au moins bizarre — dans un journal qui prétend être républicain. Le *Sisteron-Journal* publiait donc, en première page, dans son dernier numéro, sous la rubrique *Choses Agricoles,* un entrefilet de M. le vicomte d'Hugues, président du Syndicat Agricole de Sisteron, où cette mauvaise foi s'étale avec un cynisme par trop audacieux. Parlant des secours votés récemment par le Parlement en faveur des populations agricoles éprouvées par l'hiver rigoureux que nous venons de subir, M. d'Hugues déclare « avec tristesse et écœurement » que le département des Basses-Alpes n'a reçu sur cette somme que cinq mille francs seulement. Et l'excellent vicomte de gémir et, naturellement, d'attaquer nos représentants. Or, qu'y a-t-il de vrai dans son affirmation ? Rien, absolument rien, tout simplement. En effet, jusqu'à ce jour il a été accordé à notre département une somme de dix mille trois cents francs sur le crédit de quatre millions voté par le Parlement. Deux mille trois cents francs ont été distribués aux chefs-lieux d'arrondissement et à la ville de Manosque ; le reste, huit mille francs, a été mis à la disposition des municipalités qui doivent en faire la répartition. On voit ce que vaut l'allégation de M. le vicomte d'Hugues.

Ou bien M. d'Hugues savait quelle part était dévolue aux Basses-Alpes, et alors il a outrageusement altéré la vérité ; ou bien il l'ignorait, dans ce cas il devait se taire. Il aurait ainsi évité de se faire taxer de mauvaise foi ou de se rendre ridicule.

Ajoutons d'ailleurs, pour l'édification de nos lecteurs, qu'en outre des dix mille trois cents francs dont nous venons de parler, le Ministère a donné dix-sept mille sept cents francs pour être distribués en secours aux populations éprouvées par les orages et les inondations dans les Basses-Alpes, pendant l'année 1890.

Tout cela prouve surabondamment que ni le Parlement, ni nos représentants n'ont manqué de sollicitude envers la population de notre département ; c'est ce que nous voulions établir contrairement aux dires de M. le vicomte d'Hugues.

On n'est pas plus gracieux !

On n'est pas plus Juif aussi, car je n'avais parlé que du secours accordé aux campagnes, et vite, pour *prouver* ma mauvaise foi, on additionnait le chiffre de ce secours avec celui de 2,300 francs, donné aux villes sur une autre caisse. De la sorte, l'œil n'apercevait presque plus la différence choquante que j'avais signalée. Enfin, on noyait le tout, c'est le cas de le dire, dans les 17,000 francs des inondations de septembre 1890, provenant, chacun s'en doute, d'une troisième subvention, déjà ancienne.

Le *Sisteron-Journal,* on le pense bien, ne pouvait pas avaler cela sans riposter : un frère aîné ne se laisse pas morigéner par un cadet morveux. Moi, de mon côté, j'étais assez naïf alors pour croire que, la torture ayant cessé d'exister depuis longtemps, c'était par une erreur involontaire que les chiffres en subissaient une aussi atroce dans l'*Écho des Alpes.*

Et voilà pourquoi le *Sisteron-Journal* du 21 février contenait ce qui suit :

On pouvait lire dans l'*Écho des Alpes* de dimanche dernier, un article franchement agressif contre notre collaborateur, M. le vicomte d'Hugues. Cet article contenait en outre un petit croc-en-jambe à l'adresse du *Sisteron-Journal,* « journal, disait-on, qui prétend être républicain ».

Nous répondrons à l'*Écho des Alpes* qu'il est « ressuscité » depuis trop peu de temps dans les Basses-Alpes pour donner au *Sisteron-Journal* cette leçon de républicanisme, et qu'en tous cas, ce qu'on reproche à M. d'Hugues d'avoir écrit pouvait se lire quelques jours auparavant, presque sous la même forme, dans deux autres journaux républicains de la région.

Ceci dit, nous laissons à M. d'Hugues le soin de se défendre lui-même.

Voici la lettre qu'il a écrite à l'*Écho des Alpes :*

« Monsieur le Rédacteur en chef de l'*Écho des Alpes,*

« En y réfléchissant, l'article que vous m'avez consacré dans votre numéro du 15 février n'est pas aussi méchant qu'il en a l'air.

« Il est vrai que vous m'y traitez de réactionnaire de mauvaise foi.

Mais c'est là *monnaie si courante* dans les journaux politiques, qu'il n'y a pas lieu de s'en émouvoir beaucoup aujourd'hui.

« Réactionnaire de mauvaise foi, dites-vous.... En êtes-vous bien sûr?

« Je ne fais pas de politique, mais si vous entendez par réactionnaire que je fais mon possible pour réagir contre le délaissement où nous vivons dans nos Basses-Alpes, qui sont si loin de la Chambre des députés, j'accepte volontiers cette épithète.

« De mauvaise foi..., c'est autre chose !

« Permettez-moi de mettre en scène les *Alpes Républicaines*, un journal que vous connaissez bien puisqu'il a soutenu en son temps l'élection de M. Reinach.

« Ce journal — qu'on lit plus que l'*Écho des Alpes*, dans notre région — disait dans son numéro du 29 janvier, que le département des Basses-Alpes avait reçu 2,300 francs sur le secours de 2 millions accordé aux villes, et 5,000 francs sur le secours de 4 millions accordé aux campagnes.

« Votre article de l'autre jour prouverait simplement que depuis le 29 janvier, on a donné 3,000 francs de plus aux campagnes. (1)

« Je ne veux pas discuter le fait, très discutable. Je l'admets, et malgré cela, je ne puis m'empêcher de constater que nous avons été moins bien traités que le département des Hautes-Alpes, puisque ce département recevait *dix mille francs*, lorsque nous n'en touchions que *huit mille*. (2)

« Nous avons donc reçu beaucoup moins que nos voisins. Ce que je voulais faire ressortir.

« Je laisse de côté le secours de 17,500 fr. que notre département a reçu pour les inondations. Je n'en avais pas parlé dans le *Sisteron-Journal* n'osant pas comparer ce chiffre avec les secours accordés à l'Ardèche, par exemple. Je souhaite qu'il soit suffisant pour soulager toutes les misères dues à l'inondation, bien que les dégâts se soient

---

(1) Pendant sa campagne électorale, M. Reinach se serait oublié, dit-on, jusqu'à promettre une libéralité de 3.000 fr. Mais, revenu bientôt sur ce premier et trop généreux mouvement, il aurait fini par mettre l'État en cause à sa place ; et ce sont les 3,000 francs dont il est question ici, qui auraient servi à consommer cette élimination par substitution. — L'histoire peut être vraie: cependant, comme je n'ai pas eu de preuves sous les yeux, je n'affirme rien. Car il se pourrait que ce fut encore là un faux bruit, lancé par quelques réactionnaires de mauvaise foi, à l'écart desquels je tiens essentiellement à rester.

(2) Que j'étais loin de compte, sans m'en douter ! En effet, les Hautes-Alpes recevaient, quelques jours plus tard, une nouvelle somme de *vingt mille francs* pour la même attribution ; et nous, rien.

élevés à plusieurs centaines de mille francs dans le seul arrondissement de Sisteron.

« J'espère, Monsieur le Rédacteur, que vous ne verrez aucun inconvénient à reproduire cette lettre dans votre prochain numéro. Et comme je n'y mets aucune mauvaise foi, quoique vous en disiez, je serais très heureux que les commentaires dont vous la ferez suivre puissent me prouver que le département des Basses-Alpes a toujours été le plus favorisé de France.

« Recevez, Monsieur le Rédacteur, l'expression de mes sentiments distingués.

« Vte d'HUGUES. »

J'avais donc écrit à l'*Écho des Alpes* la lettre qu'on vient de lire. Et le lecteur s'imagine sans doute, bénévolement, que cet *Écho*, dont l'habitude est de répéter vingt fois le mot de *liberté* dans chacun de ses numéros, s'était fait un devoir de l'insérer pour éclairer ses lecteurs. Erreur de Chrétien! Profonde ignorance du Juif! La liberté de discussion..... *Qu'ès aco?* pour cette race-la!

L'*Écho des Alpes* s'était contenté d'écrire ceci :

M. le vicomte d'Hugues nous adresse, au sujet de notre entrefilet relatif aux secours accordés au département des Basses-Alpes, une longue lettre d'explications embarrassées. M. d'Hugues a trouvé, « en y réfléchissant », que nous n'avions pas été trop méchant pour lui. Eh ! bien, pour lui prouver que nous le sommes encore moins qu'il ne le pense, nous lui rendrons le service de ne pas publier sa lettre.

Il serait d'ailleurs superflu de s'occuper d'avantage de cette personnalité *bouillonne et vindicative* dont les attaques contre le gouvernement de la République et ses représentants, ont pour principale cause ses *rancunes personnelles* et des questions d'*intérêts privés*.

PARAGRAPHE TROISIÈME

Où l'auteur tâche de démontrer que la seule langue comprise des gredins avec lesquels le hasard nous met en présence, c'est celle qu'ils parlent habituellement.

Je ne sais pas si tout le monde est comme moi, mais je trouve qu'il faut une certaine mesure dans la politesse comme dans toute espèce de chose.

Qu'un pâle voyou nous bouscule dans la rue, en passant à côté de nous, et qu'on emploie certaines formes pour lui faire remarquer la grossièreté de son procédé, si son intention hostile n'est pas suffisamment démontrée, bon ! Je comprends cela, puisque c'est ainsi que je m'étais comporté vis-à-vis de l'*Écho des Alpes*. Mais si nos observations faites poliment, ce pâle voyou ou ce qui est pire à certains égards, un juif, nous envoie comme remerciment un coup de savate dans les tibias, il me semble que notre devoir de Chrétien est tout tracé et qu'il consiste à lui administrer une volée dont il se souvienne quelque temps. Et si celle-là ne suffit pas, une autre. Car enfin, n'est-ce pas ainsi que Jésus, lui-même, agit avec les vendeurs du Temple ?

Ceci dit, revenons à nos moutons et jetons un coup d'œil en arrière.

J'avais donc énoncé publiquement l'idée que le département des Basses-Alpes était absolument déshérité sous tous les rapports, et que certains de ses représentants ne se souciaient pas plus de lui que mes cochons ne se soucient de dentelles — qu'on me pardonne cette comparaison champêtre. Pour confirmer ce fait, malheureusement trop vrai, j'en avais pris deux (je parle des représentants) la main dans le sac.

Là-dessus, l'organe de l'un d'eux, blessé par la vérité, s'est mis à pousser des cris de pintade et à vociférer des insultes de bas étage à mon adresse. Et lorsque, poliment, sur un ton de bonne compagnie, j'ai fait mon possible pour le calmer et pour lui démontrer que c'était à moi de crier plutôt qu'à lui, j'ai perdu mon temps et ma peine. M. Reinach ou, ce qui revient au même, l'insulteur gagé qui le remplace à l'*Écho des Alpes*, n'a fait que vomir de mon côté des ordures plus fétides encore.

Je ne m'arrêterai pas à rechercher si M. Reinach emploie toujours le vocabulaire dont il s'est servi à mon égard.

Ce que je constate, c'est que ne trouvant rien à m'opposer sur le fond d'un débat qui était à son désavantage, il a trouvé plus commode de m'insulter au lieu de discuter. Et c'est entendu, je suis d'après lui *un réactionnaire de mauvaise foi, capable de dénaturer, calomnier, inventer pour jeter bas la République. Je suis aussi un menteur audacieux et cynique, brouillon et vindicatif, ne pensant qu'à mes rancunes personnelles et à mes intérêts privés.*

Comme on le voit, M. Reinach m'a prêté la plupart des précieuses qualités avec lesquelles un jeune juif vient ordinairement au monde. Ce n'est peut être pas bien flatteur, mais, malgré cela, je me suis un moment demandé si c'était la peine de relever les insolences de ce petit monsieur. Quelle portée peuvent avoir les reproches d'un homme que ses plus intimes connaissances ne se gênent pas pour appeler « la Mouche du coche », dans un léger haussement d'épaules ? Et la clientèle infinitésimale de l'*Écho des Alpes,* n'est-elle pas une clientèle forcée,

obligée de mendier, bien à contre-cœur, un sourire du
parvenu arrogant, que les mystères de la politique du jour
ont fait son maître ?

Cependant on est obligé de passer quelquefois sur le
mépris que vous inspirent les fripouilles. Et c'est le
cas actuel.

Nous sommes dans une partie de la France que sa
pauvreté même avait jusqu'ici protégée du Juif. Aussi,
savions-nous rester dans des limites convenables, jusque
dans nos discussions les plus ardentes. Oh ! je n'entends
pas, par là, qu'on ne s'est jamais disputé, jamais mordu,
jamais battu chez nous. A quoi bon nous faire plus par-
faits que nous ne sommes ? Ce que je veux dire, c'est
que nous n'avions pas encore l'habitude, que les Juifs
ont introduite partout à leur suite, d'aller nous vautrer
dans un ruisseau fangeux pour vider la moindre prise
de bec. Et c'est pour mettre mes voisins en garde contre
des mœurs pareilles, que je me crois obligé de les dé-
noncer ici, dès la première manifestation qui s'adresse
à moi.

Puis, je le répète, quand un faquin vous met le pied
dessus, sciemment, le mieux est de le dégager et de le
lui appliquer... où vous savez. C'est ainsi que j'agirai.

— Qu'allez-vous faire, me dira un homme tranquille ?
Le faquin dont vous parlez... mais c'est M. Reinach !
— Eh ! bien, quand ce serait lui ?
— Mais ignorez-vous que M. Reinach a bien mieux
mené *ses intérêts privés* que vous, puisqu'il possède des
millions que vous n'avez pas, et puisqu'il peut lancer
contre vous toute une meute enragée de journaux ?
— Que voulez-vous que cela me fasse ?
— Soit, mais si vous ne craignez pas d'être déchiqueté
tout vif par les feuilles à sa solde, songez au moins que
vous allez vous mettre à dos toutes les tribus d'Israël,

dont les membres savent se soutenir infiniment mieux que les Chrétiens, vous le savez ?

— Et puis, après ?...

En effet, mon avis est que lorsque tous les Juifs des environs auront assez piaillé, s'il leur plaît de piailler, ils se tairont. Et s'ils crient trop, cela aura peut être l'avantage de nous exaspérer suffisamment pour les prier — et au besoin les forcer — d'aller planter leurs choux ailleurs.

— Oh ! oh ! ricanera Reinach — à qui personne ne demandera son avis quand le moment sera venu — vous imaginez-vous donc que nous soyions encore au temps où les Juifs étaient traqués comme des bêtes fauves ?

— Non ! Joseph, non !... bien qu'on le regrette généralement partout. Mais non plus, nous ne sommes pas au temps, rêvé par tes frères et par toi — qu'ils n'ont pas vendu ne trouvant probablement pas acquéreur — où les Juifs pourront nous cracher impunément sur le nez, sans qu'il nous soit permis de vous corriger d'importance.

Au moment où j'écris ces lignes, je me rappelle les transes terribles par lesquelles ont passé plusieurs de mes amis, à l'époque de leur droit, uniquement pour avoir accepté, étant en dèche noire, les offres d'argent que leur faisaient des Juifs. Il y avait surtout un misérable marchand à la toilette, un vieux tout petit, imperceptible, juste un peu plus grand que Reinach, qui n'avait pas son pareil pour tromper et filouter ses semblables. Nous en a-t-il donné du fil à retordre, cet animal-là ? Quel abominable usurier ! Pouah !

Lorsque j'ai quitté la ville pour venir habiter la cam-

pagne et m'occuper d'agriculture, je me figurais ingé-
nûment que mon dégoût insurmontable pour tous les
Juifs, venait un peu de ces souvenirs d'autrefois. Je me
trompais étrangement. Les Juifs sont détestés partout,
plus encore à la campagne qu'à la ville ; et dans les
Basses-Alpes comme ailleurs.

Et toutes les Révolutions n'y feront rien ! On a pu
leur donner un droit de cité qu'ils n'avaient pas, en
prenant en considération que tous n'étaient pas des
voleurs, certaines honorables exceptions existant toujours
pour confirmer les règles générales ! Eux, de leur côté,
ont pu profiter de notre bonhomie pour se glisser partout,
pour monter des banques interlopes, pour lancer des
affaires véreuses, pour s'enrichir sur les ruines des autres, pour accaparer les honneurs et les places, et même
pour se gonfler au point de dire : « La République, c'est
nous ! » Mais ce qu'ils n'auront jamais, vous m'entendez
bien, jamais, jamais, c'est la considération ! J'en appelle
à tous les Juifs de bonne foi, s'il en existe ! Et ils le savent
si bien, cela, qu'ils passent leurs temps, toujours, à baver
sur nous des insultes et des calomnies, pour essayer
de nous salir à leur degré, de nous ravaler à leur niveau.

Et M. Reinach a beau ne pas s'inquiéter des Basses-
Alpes et se tenir caché dans les coulisses de la Comédie
Française, comme un hibou dans un creux de rocher,
pour éviter la lumière, cela ne l'empêche pas de con-
naître nos sentiments pour ses congénères. Il sait, aussi
bien que vous et moi, que notre dégoût pour le Juif est
inné, que nous l'avons sucé avec le lait de notre nourrice,
que nous l'avons dans notre sang, dans notre foi.

D'ailleurs, si nous étions tentés d'oublier leurs méfaits,
les Juifs eux-mêmes se chargeraient de nous les rappeler
à tout moment. En veut-on un exemple ?

Il y a quelques mois à peine, une ribambelle d'industriels est venue s'abattre dans nos campagnes, comme à certaines époques, les sauterelles, en Algérie. Ces personnages se disaient les représentants de grandes maisons de banque de Paris. Et l'on m'a affirmé, que pour mieux tromper la crédulité des gens, ils montraient à qui voulait, des cartes émanant d'une préfecture quelconque, celle de la Seine, je crois. Leur métier, fort lucratif, consistait à vendre à crédit pour 7 ou 800 francs, des obligations du Crédit Foncier qui n'en valaient que 4 à 500. Ce qu'ils ont fait de dupes est inouï, et cet hiver, j'avais chez moi, à certains moments, jusqu'à *vingt* personnes à la fois qui venaient me demander de les sortir des griffes de ces usuriers. Mais, il parait que c'était là une chose impossible, la loi ne donnant pas aux parquets des pouvoirs assez étendus pour qu'un brigandage pareil, fait au grand jour, puisse être arrêté et puni. C'est tout au plus si j'ai pu, après de longs pourparlers avec les directeurs de ces banques, arriver à tirer ces braves gens d'affaire, moyennant un sacrifice immédiat d'une soixantaine de francs par titre. On se figurera le nombre de ceux qui ont été filoutés de la sorte, quand on saura qu'en un mois, je me suis vu chargé de transmettre ainsi plus de *quatorze cents francs* à une seule de ces banques.

Evidemment, le manque d'instruction du paysan, et son défaut de connaissances, font qu'il se laisse assez facilement enjôler et tromper. Il n'ose pas assez demander conseil, de crainte d'avouer son ignorance, et surtout il se fie trop aux étrangers bien habillés, pleins de bagoût, superbes d'aplomb, qui viennent l'entortiller. Mais ce serait une grave erreur de croire qu'il est un sot, et que ses fautes ne lui profitent pas.

Le paysan sait fort bien que des vols organisés, comme celui dont je viens de parler, ne se commettraient pas impunément à leurs dépens, si les Juifs n'avaient en France l'influence que nous leur avons laissé prendre, bien à tort. Il sait aussi que toutes les banques véreuses sont détenues par des frères et amis, et que si les scellés ne sont pas apposés sur ces tripots, c'est qu'ils sont défendus par une nuée de journaux, toujours à vendre et toujours achetés. Il sait enfin que si ses impôts croissent chaque année, ce n'est que pour satisfaire ces goules juives, jamais assouvies, qui mettent richesses sur richesses, et qui créent à chaque instant de nouvelles places pour caser leurs protégés.

Oui, le paysan sait cela. Et s'il ne le crie pas tout haut, comme je le fais ici, c'est qu'il est tranquille et doux, par essence, jusqu'à ce qu'on l'exaspère. Et s'il ne montre pas encore au doigt ses exploiteurs, c'est qu'il a peur d'être trop facilement leur proie, n'ayant pas leur instruction.

A l'appui de ce que j'avance là, j'avais l'intention de raconter une histoire assez curieuse, dont le triste héros, juif naturellement et parti de rien, était devenu le propriétaire d'une superbe maison après en avoir été le portier pendant trois ans seulement.

Mais, outre que cette histoire est peu connue, elle m'entraînerait trop loin. C'est pourquoi je me contente d'en rappeler une autre, plus retentissante celle-là, et qui a l'avantage d'être toute récente. Je veux parler de celle de Juarez Celman, ce juif qu'on a chassé, hier, de la présidence de la République Argentine pour avoir volé la somme rondelette de 200 millions. Voici comment un journal de notre région commentait le fait :

Il doit se rendre, prochainement, à Paris, où tout le monde fera des courbettes à Juarez Celman. Ce rastaquère juif verra toutes les portes s'ouvrir devant lui et de très braves gens seront fiers de lui serrer la main.....

Pour ma part, je me figure que j'aurais écrit « des gens qui *se croient* très-braves »... Mais passons !

J'ai déjà dit que le département des Basses-Alpes est dans un état pitoyable. Mais on ne se figure pas ailleurs ce que j'entends par cette épithète. C'est comme pour la *Femme à Barbe*, il faut le voir pour le croire. Combien de personnes seraient étonnées, par exemple, d'apprendre que le chef-lieu de canton où j'habite est relié au chef-lieu d'arrondissement par une route de grande communication (?) à voie unique, n'ayant que deux mètres de large, remplie de fondrières à chaque pluie, bordée de précipices sans parapets, et coupée par des ravins à tous les pas sans un pont pour les franchir. Et si, encore, on avait le droit de vivre en paix dans un pays pareil ? Mais non ! Une Administration sans contrôle, celle des Forêts, la plus tracassière de toutes, est là, perpétuellement, sur votre dos, vous envoyant l'eau d'une rivière dessus, vous expropriant de vos terrains sans aucune indemnité, mettant les communes en guerre, et vous goguenardant au nez, quand vous vous plaignez, sous le drôle de prétexte qu'elle agit ainsi *pour l'intérêt général !*

Messieurs du Parlement, je vous fais une prière. Vous qui employez notre argent à donner des subventions aux théâtres parisiens, dont nos députés se font encore les champions, secourez notre infortune, sans écouter les bourdonnements du « moucheron » Reinach. Si vous ne me croyez pas sur parole, demandez à M. Mac-Adaras une description du pays dont je parle. Je me suis laissé dire qu'il avait fait une partie de ses tournées électorales campé dans un fauteuil qu'on avait huché sur le dos d'un mulet. Il pourra donc vous renseigner sur la façon de voyager dans les Basses-Alpes.

— Vous m'interrogez, lecteur, et vous voulez savoir

pourquoi nous n'améliorons pas nos routes ? Oh ! mon Dieu, c'est simple comme bonjour : nous n'avons pas le sou. En 1889, notre Département n'avait, si je ne me trompe, que 120,000 francs à dépenser pour l'entretien de tous ses chemins. Il n'y a pas de quoi aller bien loin, vous voyez !.... Espérer quelque chose de l'Etat ? Oui , certes ! Nous espérons. Mais vous savez bien qu'on ne prête qu'aux riches ?

— Quoi ! vous me parlez de nous imposer pour remédier à cela ? Vous êtes bien bon, je vous assure..... Nous sortons d'en prendre. Il n'y avait en France que le département des Hautes-Alpes qui fut plus imposé que le nôtre, avant le petit dégrèvement de l'impôt foncier de l'année dernière. Et depuis le dégrèvement, ces deux départements, les plus pauvres et ceux dont on émigre le plus, quoique moins imposés, sont toujours les plus imposés.

Joignez à cela que les difficultés de communications rendent les transactions très difficiles, et que notre pays est encore, de ce côté, le plus merveilleusement disposé qui soit, pour se faire exploiter par des intermédiaires sans vergogne, juifs de nature sinon de naissance, et comme tels ayant droit, cela va sans dire, à toute la haute et puissante protection de M. Reinach.

Je me doutais donc bien que je serais un jour en butte aux attaques de quelqu'un des siens, lorsque j'ai fondé un Syndicat pour venir en aide à nos agriculteurs.

Je savais même d'avance qu'on m'accuserait de faire de la politique, n'osant attaquer le principe même du syndicat. Car, l'accusation de l'*Echo des Alpes* n'est pas neuve: on l'a rééditée dans tous les départements, contre tous les présidents de syndicats agricoles. Quelques services que vous rendiez, quelque bonne œuvre que vous entrepreniez, n'y a-t-il pas toujours des roquets envieux ou jaloux pour aboyer dans vos jambes ?

Mais à qui persuadera-t-on dans les Basses-Alpes que je fais de la politique ? J'ai dit cent fois que *je ne voulais pas en faire*. Il me semble que cette raison en vaut bien une autre.

Et je vais prouver que c'est là un parti pris très arrêté chez moi, que j'agisse pour le Syndicat, ou que je défende une cause personnelle, comme c'est le cas dans cette brochure.

D'abord, j'ai attendu, pour fonder notre Association, que l'effervescence causée par la campagne électorale de Septembre 1889 fut entièrement calmée. Il m'aurait été cependant bien facile de m'en occuper plus tôt. En second lieu, si j'avais eu l'intention de faire de la politique, lirait-on dans nos Statuts l'article 22 ?

Cet article dit :

Toute discussion politique, religieuse ou étrangère au but que poursuit l'Association est formellement interdite, non seulement à l'Assemblée générale, mais dans tous les locaux du Syndicat, sous peine de réprimande la première fois, et d'exclusion la seconde.

Voilà je pense, qui est assez formel, pour n'avoir pas besoin de commentaires. Je n'insiste donc pas.

Depuis le mois de Novembre 1889, époque de la fondation du Syndicat, ses cadres se sont bien élargis, puisque nous sommes, à l'heure où j'écris ces lignes, c'est-à-dire en Mars 1891, plus de mille agriculteurs, groupés par le seul lien de nos intérêts communs, dans l'arrondissement de Sisteron.

Que le lecteur me pardonne ici de faire une nouvelle pause. Je saisis au vol — heureux qu'elle se présente — l'occasion de montrer à ceux que M. Reinach pourrait avoir induits en erreur, que je n'ai pas uniquement créé le Syndicat pour mes *intérêts privés*, bien qu'il me rende service aujourd'hui comme à tous ceux qui en font partie. Les explications que je donnerai pourront peut-être amener quelques adhérents de plus au Syndicat, auquel cas je n'aurai pas perdu mon temps.

Cette insinuation des *intérêts privés* n'est pas plus neuve que celle de la *politique*. Et je ne me rappelle plus quel *raseur* de Sisteron, avait prétendu, dans le début, que je voulais mettre l'argent des pauvres dans ma poche.

Il n'y a qu'un malheur à cela. C'est que le Syndicat agricole de l'arrondissement de Sisteron ne demande absolument rien à ses membres ordinaires comme droit d'entrée, et que par dessus le marché, *il ne reçoit aucune cotisation*, si petite soit-elle.

Tous ses frais sont prélevés par un tant pour cent sur les marchandises livrées par lui, tant pour cent qui est le même pour tous, et proportionnel à l'importance des commandes de chacun. N'en déplaise à nos adversaires, ce prélèvement suffit non-seulement à solder tous les frais du Syndicat, mais encore à servir gratuitement un bulletin trimestriel et des circulaires agricoles à tous les adhérents. Le Comité et les agents correspondants recueillent les commandes à des époques prescrites, et c'est le Président —moi, pour le moment — qui est chargé de les exécuter.

Comme j'ai l'oreille assez fine, il me semble que je viens d'entendre un Juif, qui me lit en ce moment, marmotter : — Voilà où je vous attendais : vous faites recueillir les commandes, c'est vous qui les transmettez à des courtiers, et quand les marchandises arrivent, vous les faites payer ce que vous voulez aux pauvres diables qui se sont laissés extorquer une signature. Ils sont bien obligés alors de s'exécuter dans la crainte des tribunaux.

Me prenez-vous pour quelqu'un des vôtres, aimable

échappé de potence? Non, ce que vous dites est matériellement impossible. Car tout ce que fait le Président, toutes les lettres écrites, toutes les traites, toutes les factures passent sous les yeux du Comité en temps voulu, et même sous ceux du premier syndicataire venu, s'il le demande en se conformant au règlement.

Puis, donnez-vous donc la peine de lire les citations suivantes qui se trouvent, sous forme d'avis, sur la plupart des imprimés du Syndicat ? Elles vous éclaireront, je pense :

Les commandes étant faites *à titre de renseignement et de simple indication pour permettre d'exécuter les achats en bloc et au meilleur moment*, le Comité n'est pas plus lié par elles vis-à-vis des adhérents, que ceux-ci ne le sont vis-à-vis du Comité (sauf en ce qui concerne quelques marchandises très sujettes à se détériorer, comme les plants de vigne).

Quoique faisant partie du Syndicat, nul ne doit se croire obligé d'y prendre des marchandises. Le Syndicat est établi pour rendre service aux agriculteurs, et non pour les contraindre. Cependant tous les agriculteurs comprendront l'intérêt qu'ils ont à le soutenir.

Les syndicataires ne payent les marchandises commandées par eux que lorsqu'ils en prennent livraison.

Dans ces conditions, il faut avouer que si je me remplissais la poche à l'instar d'un vulgaire Juif, les commerçants revendeurs n'auraient certainement pas perdu mille de leurs clients en moins d'un an et demi. Or, il paraît — M. Reinach se chargera sans doute de m'expliquer comment cela peut se faire — que le Syndicat, depuis qu'il existe, a fait encore diminuer de 25 pour cent au moins, tous les anciens prix du commerce. Ce qui doit représenter, si je ne me trompe, un total assez sérieux d'économies, faites grâce au Syndicat, par tous les agriculteurs, qu'ils en fassent ou non partie.

Je ne crois pas m'avancer beaucoup en disant que le Syndicat de Sisteron est, encore aujourd'hui, le seul qui fonctionne sur des bases aussi larges, aussi gratuites et... faut-il le dire ? aussi égalitaires. C'est sans doute à cause de cela qu'il me vaut maintenant des injures, comme au début il m'aurait valu peut-être des quolibets, si l'essai que je tentais n'avait pas aussi merveilleusement réussi.

Et si, à ce mérite qui n'est pas mince aux yeux de quiconque fait passer l'intérêt général avant l'intérêt particulier, j'ajoute que le Syndicat répand les meilleurs procédés de culture, et qu'il est de ce chef une source de richesse publique, je suis bien en droit de me demander lequel de M. Reinach ou de moi peut se targuer d'être le plus utile aux Basses-Alpes.

Est-ce M. Reinach qui nous coûte fort cher tout en ne faisant rien pour nous ? Est-ce moi qui fais mon possible pour rendre service aux autres sans rien coûter au pouvoir ?

Et s'il est clair que l'avantage est de mon côté, de quel droit prétend-il m'insulter ou me fait-il insulter ?

Je termine et je dis à Reinach en me résumant :

— Si tu as été nommé député dans un pays qui déteste ta race, c'est parce qu'on espérait te voir appliquer à soulager ce pays l'influence que nos mœurs actuelles, trop relâchées, semblaient t'avoir laissé prendre dans notre société moderne. — Tu m'as insulté grossièrement mais je ne t'en veux pas. Et comme je n'ai pas le tempérament vindicatif que tu supposes, je ne me vengerai pas. Je me contenterai seulement de penser que tu es mal élevé, peut-être parce que tes parents ont voulu te laisser plutôt un gros sac d'écus qu'une bonne éducation.

— Je te dirai cependant que tu mens, lorsque tu prétends que je suis *attardé à combattre la République*. Je combats au grand jour, quand je combats. Or, c'est toi seul que j'attaque, toi qui as l'ambition démesurée et dont tu éclateras un jour, de vouloir incarner la République dans ta minuscule personne. J'ai toujours pensé que la République deviendrait plus forte, quand elle te rejetterait de son sein : me reprocheras-tu toujours de la combattre après ce bon conseil ?

— Tu cherches à introduire chez nous des moyens de discussion où les injures tiennent lieu de tout. Mais tu ne réussiras pas, et jamais nous ne suivrons ton exemple, sale Juif !

ÉPILOGUE

Puissent ces quelques lignes, ô Bas-Alpins, malgré leur douceur calculée, t'enlever un peu de la confiance que tu places, sans réfléchir, dans tous ceux qui viennent de loin !

Les connais-tu, ces étrangers ? Qui sont-ils ? Où est leur patrie ? Ont-ils raconté pourquoi ils ont quitté cette patrie ? Sais-tu ce qui les attire dans tes montagnes ?

Si c'était uniquement pour s'attacher à toi, pour prendre tes intérêts, pour te secourir, pour te relever, et non pour se parer d'un vain titre, ton pays ne serait-il pas plus brillant ?

As-tu jamais vu les oiseaux de passage faire leurs nids dans tes bois ? Et tes enfants qui vont en Amérique, poussés par la misère, préfèrent-ils leur patrie d'adoption au pays qui les a vus naître ?

On te dira peut-être que ceci est encore de la *politique*. Tromperie ! Pour moi, les phrases creuses n'ont jamais nourri personne, qu'elles soient blanches, rouges, jaunes, noires ou vertes ?

Non ! Dire qu'un juif a les doigts crochus n'est pas de la politique. Regarde les mains de Reinach, puisque tu l'as sous les yeux : Quand tu les auras vues, tu sauras ce que je veux dire.

Montesquieu a dit quelque part : « Il se trouve souvent que chacun va au bien commun, en croyant aller à ses intérêts particuliers ». Il ne pensait pas aux Juifs, en le disant.

Allons ! ami, que Dieu te protège, et que la cloche de ton village, au son de laquelle tu es né, éloigne les mendiants de places, de rubans, de croix, de faveurs !

Imprimerie Moullot. — Marseille.

Au lecteur,

Je m'imagine que si quelqu'un voulait faire une carte de notre France sur une belle pièce d'étoffe, il pourrait assez exactement y figurer le département des Basses-Alpes par une loque toute fripée. Et je ne suis pas le seul à penser ainsi. Tous les voyageurs qui traversent notre pays s'accordent à dire qu'il est dans une situation déplorable, et que la rupture des traités de commerce avec l'Italie ne peut suffire à le remettre à flot.

C'est ce que j'ai voulu faire ressortir dans cette brochure, sans autre prétention que de montrer en même temps à qui la responsabilité de cet état de choses incombait.

Un moment, l'envie de ne pas apporter une note trop ardente dans la lutte économique que nous poursuivons, mes amis et moi, a failli me faire jeter ces quelques pages au feu, à peine écrites. Mais, juste alors, Mr Reinach, méprisant les intérêts du département séricicole qu'il représente, prenait contre nous, ouvertement, la défense des riches Lyonnais dans la question des soies.

Cela m'a décidé.

Et maintenant que voilà cette brochure sur les grandes routes, prêtant facilement le flanc à toutes les critiques, je remercie d'avance quiconque la sauvera au passage, d'une façon ou d'une autre. Car, en la sauvant de l'oubli, on lui permettra peut-être de faire progresser l'idée sincèrement patriotique qui l'a fait naître.

La Motte du Caire, le 5 Avril 1891 –

www.ingramcontent.com/pod-product-compliance
Lightning Source LLC
Chambersburg PA
CBHW061619180626
46818CB00005B/2141